Título original: *Haps!*

Versión de Ester Sebastián

©Text and Illustrations by Peter Schössow 2009

© Originally published by Tulipan Verlag GmbH, Berlin / Germany 2009

© para España y el español: Lóguez Ediciones 2011

ISBN 978-84-96646-60-5

Depósito Legal: S. 63-2011

Impreso en España – Printed in Spain

Gráficas Varona, S.A.

www.loguezediciones.es

Peter Schössow

¡Ñam!

Lóguez

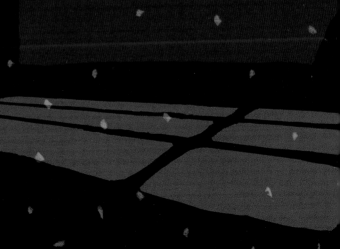

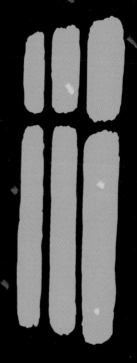

¡Ñam! ¡Ñam! ¡Ñam!

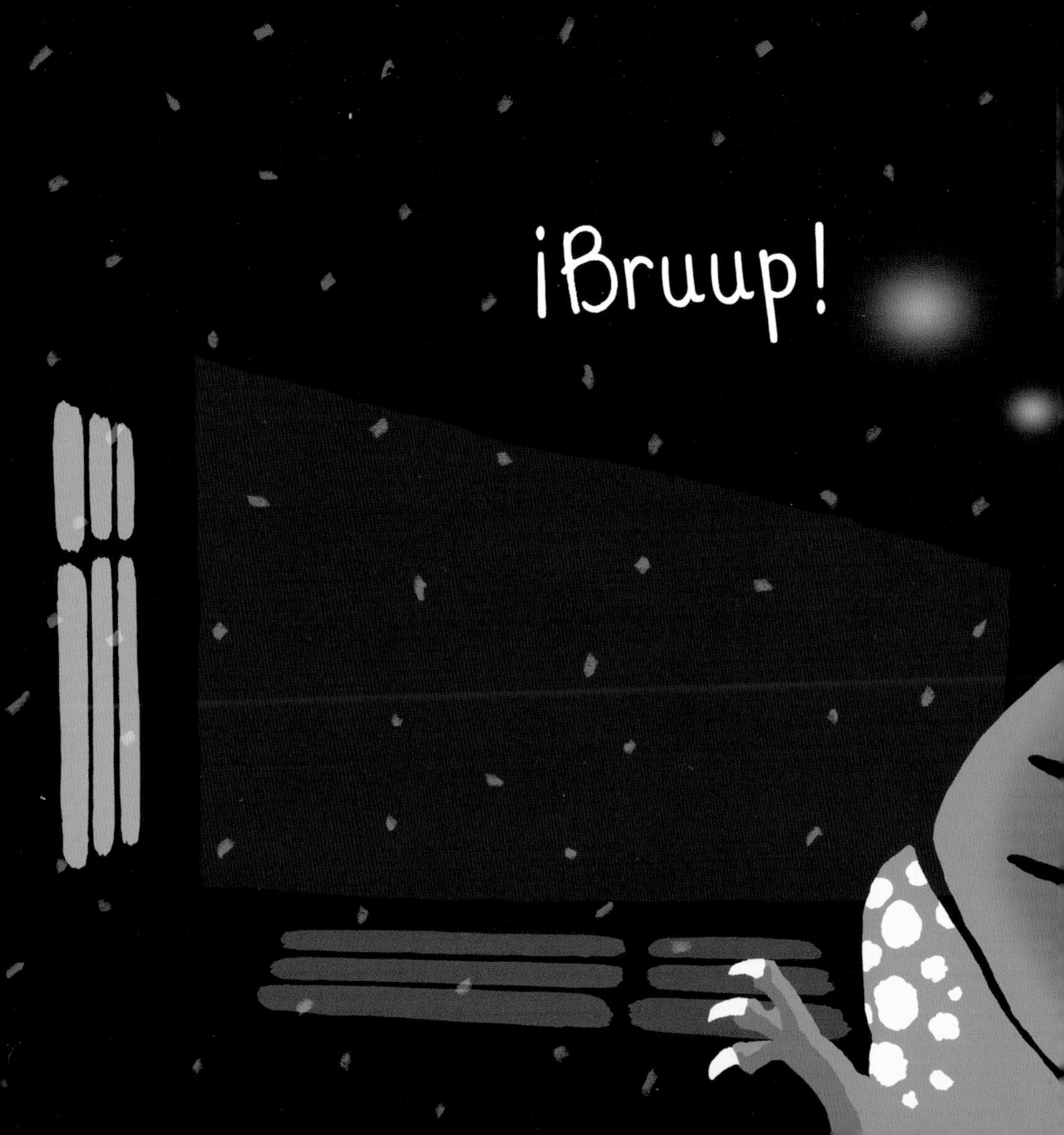
¡Bruup!

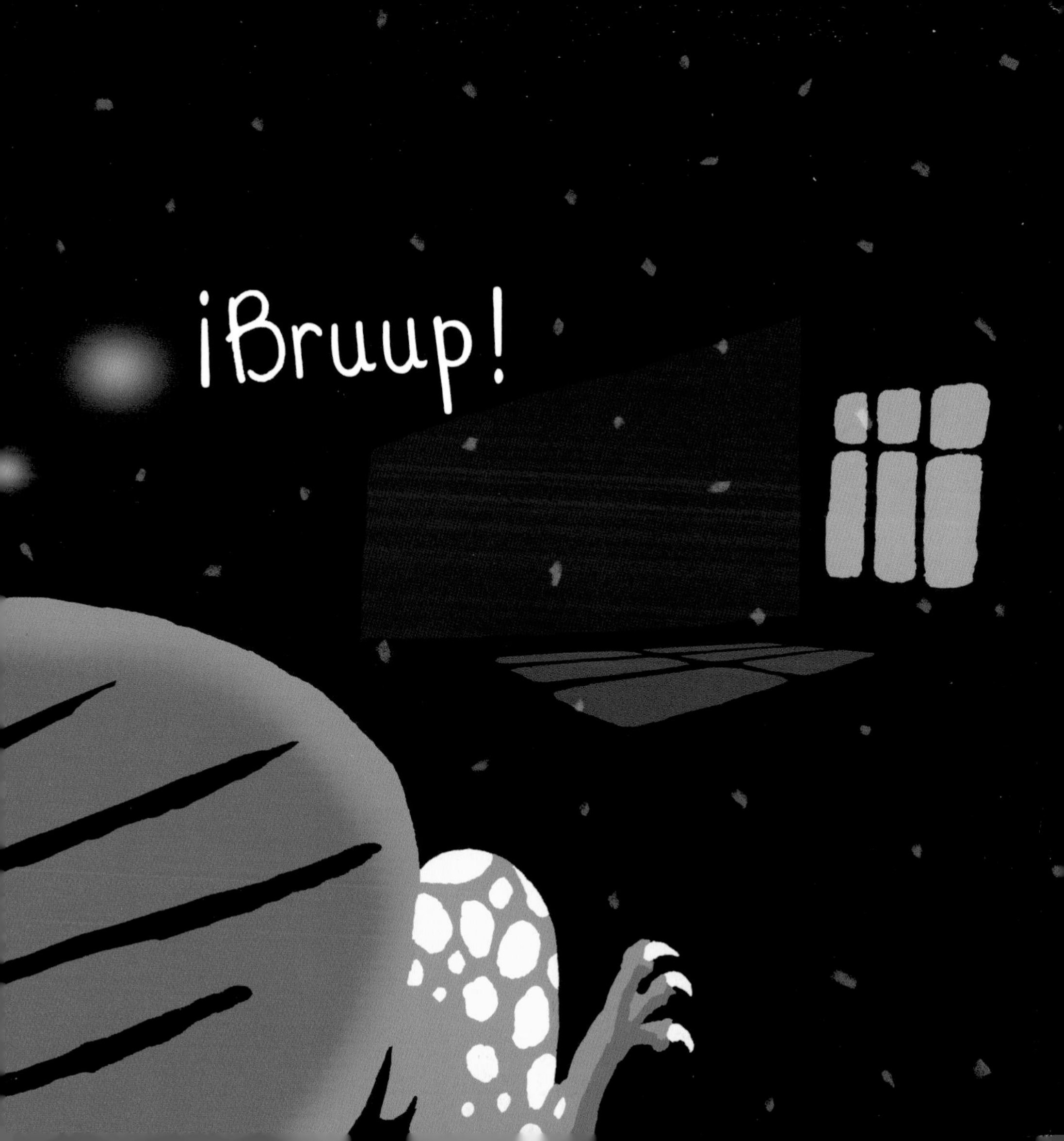
¡Bruup!